KB024791

최진성 시집

# 탈피

**국립중앙도서관 출판시도서목록(CIP)**

---

탈피 = Shed : 최진성 시집 / 지은이 : 최진성. -- 서울 : 한누리
미디어, 2014
    p. ;   cm

ISBN  978-89-7969-493-2  03810 : ₩8000

한국 현대시[韓國現代詩]

811.7-KDC5
895.715-DDC21                                CIP2014036101

최진성 시집

# 탈피

한누리미디어

## 시인의 말

    대한민국에 와서 활동하다 〈탈피〉라는 시로 『한국현대시문학』의 추천을 받아 문단에 등단했다.

    사람도 동물도 모두 껍질을 벗는다. 사람은 상처딱지 정도로 흉내를 내고 동물은 온몸으로 껍질을 벗는다.

    원래는 사람이 완전한 탈피를 해야 하는데 말이다.

    사람이 사람을 동물로 만든다. 인간 군체의 냉정함과 잔혹성, 소외되어 있는 동물의 야성, 도대체 어느 것이 더 무서운가. 불행한 인간은 맨손과 혼자만의 목소리로 저항한다. 그러다 막다른 골목에 이르면 결국 인간의 본성을 버리고 야성을 드러낸다.

    바로 여기서 탈피가 필요하다. 그들에게 저녁과 밤이 주어져 한갓지고 포근한 보금자리에서 희로애락을 느끼고 새 아침을 맞게 해야 한다.

    껍질을 증오하지 말자.

    껍질에게 연민을 갖자.

    껍질을 존중하자.

    한국에 온 지 3년 남짓 되는 사이 내가 입는 겉옷과 속옷이 거의 한국 것으로 바뀌었다. 옷을 입을 때 가끔 떠나온 고향생각이 나고 어딘가 서운한 느낌도 없지 않다. 하지만 조상님의 땅에 와 있다는 느낌에 안도감과 포근함이 겹친다.

8

보다 따뜻하고 감미로운 시를 쓰고 싶다. 하지만 늘 불행한 사람들과 소외된 계층을 외면할 수 없다. 바로 내가 행복할 수 없기 때문이고 탈피를 하고 싶기 때문이다. 무관심은 그들에게서 자유를 앗아가고 팔다리 없는 존재로 만든다.

목욕탕에 가면 모든 인간이 다시 본연으로 돌아온 듯 싶다. 똑같은 사람의 피부를 드러낸 알몸을 보면 너무 안쓰럽다. 이때만큼은 서로 어울려 생활해 가는 삶의 공동체를 만들어야 한다는 꿈을 갖게 된다.

껍질을 사랑하자.

껍질을 애무하자.

껍질에게 자유를 주자.

양서출판에 심혈을 기울이시느라 늘 바쁘신 가운데서도 저의 시집 출판을 맡아주신 한누리미디어 김재엽 사장님께 감사드리며 분에 넘치는 작품해설로 이해의 폭을 한결 넓혀주신 홍윤기 교수님께도 머리 숙여 감사의 인사를 올린다.

나의 영원한 스승이신 연변의 조용남 시인님과 김동진 시인님께 이 시집을 제일 먼저 드리고 싶다. 감사합니다. 스승님.

2014년 늦가을에

최진성 識

# 차례 Contents

제1부　　사랑비행

1994~1995 연변에서

# 제 **2** 부    겨레

### 1996~2001 연변에서

11

## 차례 Contents

## 제3부   창 유리

| 최진성 시집

# 제4부 배꼽춤

13

# 차례 Contents

## 제5부 정지된 시간

14

# 제6부    벽거울

15

# 제 1부

# 사랑비행

1994~1995 연변에서

# 꽃이슬

이슬
눈물이 아닌
맑게 웃는
꽃이슬

괴로운 몸부림 모르는
순정의 동그란 몸으로
향긋한 꽃내음에 취하는
아롱진 꿈속 이슬―

그대로 꽃잎에 스며들고
꽃의 가슴 속에 사라져
한 오리 향기 되고 빛깔이 되어
꽃의 몸으로 살고지고

이슬
설움이 아닌
즐겁기 만한
꽃이슬

# 사랑의 마음

님의 손이라도 쥐자니
여린 꽃처럼 상할까
그런대로 있자니
작은 새처럼 포르르 날아갈까

이러지도 저러지도 못하는
애타는 이내 마음

님을 뜨겁게 열렬히 사랑하고프나
괴롬을 줄까

남 몰래 가슴 속으로만 깊이 사모하고프나
그 정이 가 닿지 못할까

알뜰살뜰 님을 위하자
애만 태우는 사랑의 마음

20

# 사랑비행

꽃의 빛깔로
꽃잎 나래로 날아가는
나비가 있다
나비의 사랑비행이 있다

사랑한다는
달콤한 말도 없이
꺾어보자는
미련한 행위도 없이

꽃으로 날아
꽃 속에 묻힐 때
아리땁고 황홀한
하나의 동체로 화하는 모습…

봄을 지나
여름을 헤치고
머나먼 가을 언덕으로
사랑비행을 하는 나비 한 마리

# 창문이 울어요

창문이 울어요
소리 없이 울어요

조롱조롱 맺힌 물방울
이별의 아픔인 양
상봉의 기쁨인 양

가신 님 마음에 얼어
서리 끼더니
오신 님 마음에 녹아
이슬 맺혀…

차가움을 이겨낸 후더움
사랑의 진미로 아롱지는
절묘한 눈물 예술…

그리웠던 마음
차분히 적셔 주는
달콤한 사랑의 눈물

│ 최진성 시집

창문이 울어요
행복에 울어요

23

○

○은 아무것도 없으면서
모든 것이 다 있다

있는 것과 없는 것을
둥글게 원만하게 표시한다

○은 무엇일까,
이중 의미의 ○은?

만월도 ○
내 가슴도 ○

텅 빈 데로부터
둥글고 포만하게 결실되는 ○

○으로부터 ○까지는
영원하다, 무한하다

# 만월

떠오르는 달
두둥실 큰 달
가장 밝을 때도
얼마만큼은 서러운 달

흩어지지 않는 둥글고 정한 모습
뉘를 향해 절절히
부풀어 터질 듯 아프고
달콤한 사랑의 마음…

가슴 속 막 끝까지 걷잡을 수 없이
즐거운 욕망으로 떠올라
팽배하여 하얀 불을 토한다
서러운 고독의 어둠을 녹이며

동이 튼 파란 하늘—
어둠 가신 이내 고운 가슴 바탕에
하얗게 어려 웃는 달
얼마만큼은 서러운 달

# 종이꽃

시들고 병이 든 꽃들
짓밟히고 꺾이우는 꽃들

이런 꽃들을 하 많이 보아
가슴이 쓰리고 아파

인젠
하냥 시름없이 피어 있는
생생한 종이꽃이 곱다

날마다
계절에 상관없이
제 모습 자랑하며
영원히 영원히 피어 있는 종이꽃

오, 내 기원하는
사랑의 꽃이여

# 돈

돈은
화가다

삶의 광장 어디서나
인물화를 그린다

한 폭 또 한 폭의
생생한 그림을

젖싸개에 팬티까지 벗은 여 모델은
성감이 넘쳤다

화가는 한 폭의 아름다운 나체화를
그렸다
…

그런데 어느 날,
화가는 여 모델을 강간했다!

# 개 짖음

왕왕! —
개처럼 짖을 수 있다면
겉과 속이 꼭 같게
꾸밈없는 개처럼
왕왕! —

# 점

나는 님 있는 곳을
가슴 속에 점으로 표시하리
지도 위의 지명처럼

그러면 님은 눈으로 볼 수 없어도
항시 가슴 속에 살고 있으리

만 리도 지척 같은
가슴 속
작은 세계

님과 다시 만날 굳은 기약도
먼 후일의 아름다운 칠색 꿈도
여기서 무르익으리

이슬처럼 반짝이는
작은 점으로부터 시작되는
사랑의 세계

# 제 2 부

# 겨레

1996~2001 연변에서

향수/ 슬플 땐/ 종
잠자리/ 폭포/ 겨레/ 그림자
숫눈/ 조약돌/ 바위

# 향수

내 타향에서 비 맞을 때
고향도 함께 비에 젖는다

고향은 비올 때면 달려와
나를 살뜰히 품어준다

차가우면서도 따뜻한 품
슬프면서도 행복한 품

타향에 비올 땐 차분히
향수의 노래를 부르는 때다

# 슬플 땐

슬플 땐
빗방울이 되지 않으렵니다
눈이 되어
꽃잎처럼 날리렵니다

착한 사람들
고운 마음밭을
나 홀로의 슬픔으로
적시고 싶지 않습니다

슬픔을 눈꽃으로 만들어
차분히 날리면
한겨울 축복처럼
나목의 가슴에도 피겠지요

슬픔을 즈려밟고
걸어가는 자욱마다
두 줄기 말간 눈물
이슬로 고일 겁니다

하얗게 눈꽃을 쓰고
우뚝 솟은 백두산처럼
굳세고 떳떳하게
한생을 살렵니다

# 종

그 때에
우리 얼굴은 우매한 사상으로 굳어졌다
그 때에
우리 마음은 무지로 헝하게 비어 있었다

우린 종이었다
남이 때리는 대로 울리는
땡땡 종이었다

하지만 후회하지 말자
부끄러워하지도 말자
우리는 인간이었기에 그러했거니

이제금 우리 얼굴은 냉철하게
새로운 얼굴로 밝아져야 한다

우리 마음 겸허하게
새로운 세상을 따사하게 포용해야 한다
우리는 스스로 땡땡—
새 시대를 울리는 종이어야 한다

# 잠자리

타향의 울타리에
잠자리 앉으면
고향집 울타리를 마주 선 듯
시골내음에 취한다

쟁글쟁글 비치는 햇빛도
내 고향의 따스한 볕이 되고
가볍게 스치는 실바람도
내 고향의 살가운 미풍이 되고
발가숭이 개구쟁이들이
맨발바람으로 달려온다

잠자리
타향에 날아온
살갑고 정다운 고향손님

# 폭포

물은 무겁다

천 길 벼랑에 드리운
팔다리와 몸뚱이가
빛발처럼 하얗게
늘어나서

쏴— 쏴—
바람을 일구며
콩— 콩—
지축을 울리며
아래로 아래로 떨어지는 물은

흩어지지 않고
끊어지지 않고
마냥
원래의 모양을 고집하는―

추락하는
흰 두루마기 자락 같은

날개

물은 무겁다

# 겨레

다섯 손가락을 보니
흩어진 겨레의 모습 같다

꽉― 으스러지게 틀어쥔다
주먹을

나는 이렇게 밖에
더 사랑을 표현할 방법이 없다

사랑하고파 주먹을 쥐는데
펴 보면 또 다섯 손가락이다
몸은 서로 떨어져 멀리 있어도
마음은 하나 되어 살아가는 사람들…

쥐면 주먹
펴면 다섯 손가락

쉼 없이 반복한다
이 사랑의 손짓을

다섯 손가락을 보니
언제나 운명을 같이할
겨레의 모습이다

# 그림자

해가 높이 떠오를 때
네 모습은 작다
나는 못 본 체한다

해가 질 때 네 모습은 크다
나는 뚜벅뚜벅
거인처럼 너를 딛고 간다

빛을 마주하면
네 모습을 볼 수 없다는 것을
항상 망각한다
나는 그것을 생각하지 않는다

살아가면서 나는
그래서
빛을 등질 때가 많다

# 숫눈

하늘의 꽃이기에
햇솜같이 하얀 것일까

사람들 머리며 어깨 위에 사뿐히 앉는
홀가분한 자세

털면 모두 다 땅 위에 떨어지고 마는
겸양의 미소

하마
행복의 무게만은 아니라누나

사람들 거치른 발로 디디면 빠드득—
뼈 갈리는 소리를 내다가도

얼굴을 젖히고 자기를 맞을 땐
더 참지를 못하고
한 몸을 무너뜨리며
울어 버린다

43

# 조약돌

옛이야기 지절대는 시냇물 속에 사는
조약돌의 고운 마음을 알으십니까?

부추겨주고 쓰다듬는
물결의 세례에
쉼 없이 모를 죽이고

반드럽고 둥근 몸으로
그리움과 사랑도
말하며…

산다는 것은
더 부르는 것이고 더 부르는 것은
또 작아지는 것

하지만 작아지는 것은
다시 더불어 커짐을
의미하리

때로는 사나운 물결이 때리고 할퀴어도

뒹굴고 버티며 변함없이
결 고운 옥돌이 되고
그리운 추억을 아기자기 몸에 새기며
유수세월을 말쑥이
살고

먼먼 우리 조상의
할아버지 할머니 얼굴 같은 조약돌
님의 손길인 양 애무를 되뇌이면서
꿈같은 행복에 사는 걸

옛이야기 지절대는 시냇물 속에서 사는
조약돌의 고운 마음을 참말로 알으십니까?

45

# 바위

네가 감각이 없다는 것은
진실하다는 것

또
미더웁고
사랑할 수 있다는 것

정오, 해 비치면 따뜻해지는 바위 위에
가슴을 대고 눕는다
마음 편한 포근한 순간의
행복한 느낌
무언의 바위를 사랑하는 나는
행복한 사람일까? 불행한 사람일까?

해지면 차츰 식어지는 바위
감각이 없고 진실하고
미더웁게 나와 등 돌린 바위
그 바위를
나는 떠난다, 한 마디 원망도 불평도 없이…

제 3부

창
유
리

# 아침 새소리

아침 새소리가
유리창을 뚫는다

천사의 지순한 마음 같은
맑고 고운 아침 새소리는
속세의 어지런 소리가 뚫지 못하는
허전하고 때 묻은 유리창을
파아랗게 파아랗게 뚫는다

# 탈피

무릎의 상처딱지가
떨어져 나가자
탈피하는 뱀을
기억에 떠올렸다

팔다리 없는 몸뚱이로
땅 위를 기어
길게 늘어난 뱀

거친 상처딱지 같은
껍질을 벗고 뱀은
얼마나 홀가분하고 행복하게 살고 싶었을까

텔레비전에서 어느 날 보았었지
수술대 위에 놓인 사람의 창자가
살아 꿈틀대는 모습을
스스로의 동굴에 메아리가 울 듯…

허공을 찢는 아픈 채찍이 되고 싶었을까
굳어진 가늘은 눈빛으로

또아리를 둥글게 틀며
힘을 사리는 법…

사람들 발이 귀 기울이는 훤한 공터로
공포의 혀처럼 뻗어오지 말라
사람들은 그 혀를 사정없이 끊어버리고
짓찧어 버릴 것이어니
핏빛으로 번지는 은은한 저녁 종소리…

근처 어느 저문 풀숲에
정이 시린 알몸이 속살을 부비며
진한 사랑을 불태운다
산딸기즙 같은 새코롬한 단침을
입안에 가득 문 채

# 고무풍선

가벼운
충만은
　　무거운
허기를
　　느끼게 한다


　　텅 빈
후줄근한
　　배 속에서
팽창하는
　　허기


무거운 허기

52

# 고요

호수에 던진 돌은
나의 익사한 시체다

고요가 두려워 깨뜨리려다
빠져 버렸다― 놀라면
더 커지고 깊어지는 고요에

둥근 파문을 지으며 시무룩이 웃는 호심 속으로
깊이 침전하는 나
내가 두려워하던 고요는
더욱 둥글고 충실하게 다져진다

한 마리 산천어가 되어
나도 고요로 살 수 있을까

# 숨은 발

맨발로 백사장을 걷다가
주저앉는다
내 발을 쓰다듬는
모래의 손길이 너무 보드라와

그리고 그 보드라운 애무를 받은 발로
거친 이내 가슴을 쓰다듬고 싶어

그렇지 거친 삶과 거친 인정
거친 자연과 거친 공기에 부대낀
이내 가슴을 새라웁게 쓰다듬어
희망과 사랑으로 부풀게 하고 싶어

이젠 꼬옥 숨겨뒀던 고운 발로
아름다운 새 세상을 만들고 싶어

54

# 축구공

발이 공을 가지지 않고
다루면서 즐긴다
그러다가 손이 쥐지 못하게
찬다

손이 발에서 해방된 이래*
뭐나 다 가졌다
또 더 가지려 한다
무서운 식충의 입 같은

자신이 다루면서 즐기는 공을
빼앗으려는 손이 얄미운 발
하지만 참을성 있는 발은 가끔씩―
공을 자유자재로 다루며 놀다가 가끔씩
힘껏 찬다!

손이 가지지 못하게
손이 가지지 못하게

　　　*인류의 진화

# 모른 척 등 돌리고

정을 표현하는 행위가
이국의 예절만치 낯설어진 세상
서로 모른 척 등 돌리고 산다

모른 척 등 돌리고
어느 날 전철을 타고 가다가
얼결에 누구와 등을 부비니
왠지 가슴이 후더워진다

모른 척 등 돌리고 살아 외로웁고
정이 그리워 사무쳤던 것일까
울고 싶었던 것일까

이젠 서로 마주보고 웃으며 정을 나누는 일도
흘러간 먼 나라의 동화처럼 느껴져…

모른 척 등 돌리고 그저 차분히
종착역까지 시린 등을 부비며 가고 싶다
웅크린 시린 등을 정의 매개물로 기꺼이 선사하며…

56

# 눈꽃나무

눈꽃이 녹는다
두 손바닥 위에 내려앉는
하아얀 눈꽃이 녹는다
손으로 쥘 수 없는
하늘의 꽃 눈꽃
고개를 젖혀
얼굴로 맞는다

두 손을 비우고 선 이 순간이
왜 이리 행복할까
이내 얼굴에 잠깐
피었다 지는 눈꽃
하늘의 꽃

이내 몸은 지금 한 그루
행복한 눈꽃나무가 되었다

# 창 유리

창틀에 끼이는 순간 안과 밖을 가진
창 유리

안이 좋을까 밖이 좋을까
아니면 하나로 어우러진 세상이 좋을까

화창한 날
햇빛 미소 머금어 한결 밝은
아침 얼굴

구름 낀 날엔
추억이 머무는 강
아련히 파묻져 오는 명상(瞑想)들

비 오는 날엔
바깥세상과 더불어 겉몸이
씻기우고 젖고 울고…
젖고 또 젖고

추운 계절이 오면

사랑의 후더운 이슬이 안에 맺히고 또 맺힌다
아직도 너의 입술에 번지는 이슬 내음

창틀에 끼이는 순간 안과 밖을 가진
창 유리

투명하게 야윈 너의 몸을
창틀에서 빼내어 닦는다
안팎이 없는 유리로 돌아온
너의 몸을 말끔히 닦는다

다시 또 변함없는 창 유리가 되어
안팎이 어우러진 행복한 세상을 살라고

59

# 물이 나의 손을 벤다

물이 나의 손을 벤다
냉기라는 서늘한 칼날로―
두 손바닥으로 강물을 뜨면
나무 뿌리 같은 열 손가락 사이로 빠지며
촘촘히 벤다
그리고 또 손바닥 위에 남았다
물고기 한 마리―
물이 키운 생명
이내 손아귀를 벗어나지 못하는
무딘 칼날이
계속 나의 손을 베려 하지만
고만고만한 크기의 생명체는
풀떡이면서 무딘 칼날의 존재를
이내 심장에 감동으로 전한다
그리고 이번엔 그 느낌으로
나의 손을 완전히 벤다
칼날이 아닌 물의 이미지로
완전히 벤다

60

# 제 4 부

# 배꼽춤

# 단풍낙엽

고운 단풍낙엽을
발로 뒤척이며 걸으면
나를 기다려주는
살가운 시간의 내음이
코에 스민다

진하디 진한
고웁게 한 몸을 삭힌
시간 내음

# 행복한 하루

퇴근하여 아픈 발바닥을
손이 주물러 줄 때
손한테 발이 애무해 줘서
고맙다 한다

이때 손이 기분 좋고 또
내 마음은 즐거워지면서
몸뚱아리 전체가 피곤을 풀고
행복한 하루가 된다

# 내면의 초상화

물을 종이처럼 구길 수 있다
컵을 기울여 내가 마실 때

퍼내고 퍼내도
마르지 않는 우물물은
내가 모두 구길 수 없다
양수기로 나의 집 상수도관에 물을
압축시켜 넣는다
왁살스럽게 구기고 또 뭉진다

구겨진 물을 또 종이처럼 곱게 펼 것이다
나는 유유히 수도꼭지로 다가가서
물을 따라 마실 것이다
이번만큼은 나의 목젖이
구겨진 물의 주름을 어루만져 줄 것이다

그리고 나의 가슴 속 내면을 응시할 것이다.
물이 그린 나의 내면의 초상화를 차분히 수정하며

65

# 어머님 손

어머님 손이
아래로 자꾸 처지고 있었다
자식들을 보듬어
사랑을 주실 때
전혀 지칠 줄 모르던 손이
지금 자꾸 아래로 처지고 있었다

안쓰럽게도 그런 아프신 어머님은
얼굴만 자식들 쪽으로 내미시고
별일 없다는 표정을 지으신다
맥을 놓으셔 자꾸만 아래로 처지는
어머님 손이
사랑의 배를 저으시는
노 같아 보인다

# 고백

물기 어린
유리창에
그리운 사람의 이름을 손가락으로
써 보고는 잽싸게
지운다
그리고
내 마음은 맑아진다
님한테 나의 사랑을 알려서가 아니라
이내 가슴 속에 고이 간직하였으므로

# 우정

옛 기억을 간직한 방안에서
맨발로 차가운 마룻바닥 위를 걷다가
그리운 친구의 얼굴을 떠올리곤
금방 침실로 달려가 따스한 이불 속에
몸을 숨겼다

# 작은 돌

생략된 말
천성적으로
섣부르고
충동적인

생각보다 먼저
감성으로 뛰쳐나가
누군가를 상처 입히는

솔직하지만
모가 난
존재

뉘우쳐 후회하며
껴안는
작은 불꽃

# 육지와 바다는

육지와
바다는 또
기슭과
파도

밀치락 뒤치락
실갱이질을 하며 싸우며
세월을 보낸다

| 최진성 시집

# 배꼽춤

여자들은 배꼽을 드러낸 옷을 입고부터
입김이 사나워졌다

배꼽춤도 곧잘 추었다
자기의 존재를 선보이는
거센 돌개바람

배꼽의 힘으로 여자들은
몸의 중심을
확고히 잡았다

제 5부

# 정지된 시간

라면/ 물소리 빗소리
빈 방/ 보온병/ 급정거/ 정지된 시간
환영/ 담배/ 침묵

# 라면

라면을 먹다가
엄마가 담근 맛갈진
배추김치를 떠올린다

이런 밥 먹는 시간에만
엄마를 생각하는 자신이
부끄럽고 죄송하여 얼른
밥상을 치우고 앉아
다시 한참
엄마생각을 한다
조금은 부끄러워 하며

# 물소리 빗소리

빗소리는
가슴 속 어딘가에서
우는데

개울 물소리는
나의 집 발치에서 칭얼대며
추억을 들깨운다

# 빈 방

화장실로 갔다가
다시 돌아온 거실에
텔레비는 혼자서 그 뉘와
놀고 있었다 방을
둘러보아도 텔레비 밖에
없는데 분명 텔레비는
그 뉘와 놀고 있었다

아마도 틀림없이
외로운 방이 너무 안쓰러워 보여
텔레비가 같이 놀았던
모양이다

외로운 방의 그리움을
몰라본 자신이 뉘우쳐지며 나는
서둘러 부모님과 동생들을
집으로 초대했다

# 보온병

겉 보고는
찬물이 들었는지
더운 물이 들었는지 모를
보온병 앞에
물컵을 쥐고 서 있다

마개를 열고 보온병을
기울이면 내용물을
금방 알 수 있으련만

겉 보고는 알 수 없는
보온병 앞에
그저 멍하니 서 있다

# 급정거

자동차가 급정거하면서 내는
아츠러운 비명소리를
즐거웁게 듣는다

무엇에 반항하는, 그리고 또 복종하는
마지막 몸부림

그래서 나는 달리는 자동차를
몇 번이고 브레이크를 밟아
멈춰 세운다

# 정지된 시간

아파트 어디선가 '십 분 이내로' 라는
사랑 노래가 들려와
번쩍 고개를 들어 벽시계를 본다

아이들이 갇힌 바다 속
'세월호' 를 향해
꾸물대지 말고 곁길로 새지도 말고
달려오라 외치는 듯

어리둥절한 표정으로 햇빛이
마룻바닥에 넘어져 허둥대고 있었다

# 환영

아파트 놀이공원에서
떠들썩하니 아이들이
뛰노는 소리를 듣다가
가위눌린 듯 문득 놀라
주위를 둘러본다
'세월호'에 갇혀 바다 속에서
구조를 기다리는 아이들의
얼굴 모습이 지금 옆에 있을 것 같아
휘둥그레 눈을 크게 뜨고
주위를 둘러본다

# 담배

담배는 언젠간
통일이 온다는 말이다
안 오면 어쩔까 걱정하는 마음이다

불을 달았다

깊이 빨았다가
후—
하얀 연기를 뿜는다

싹 타 없어졌으면
언제나 통일이 올까 걱정하는 마음

파아란 통일조국의 하늘을
언제 숨 쉬며 살 수 있을까

뻑 뻑 후—
뻑 뻑 후—

쉼없이 담배를 태운다

가슴은 쪼들려도
숨
    은
        길
           다

# 침묵

소리가 저문
한 자락의 고요 속에
말의 무의미를 읽는다

순수한 말을 가졌던
옛 시간을 되새겨보는
한 자락의 고요

# 제6부

# 벽거울

# 버들 잎

사람과의 덧없는 악수로
손이 고파서
강기슭 파아란 버들잎을
한 줌 훑어 한참
손에 쥐고 있다가
활― 휘뿌리니
후련해지는 손바닥의 느낌―
한 줌의 버들잎을 먹으니
손은 두둑하니 부르다

# 길

누군가 나에게
길을 물어서
나는 길과 만난다

스스로 알아서 가는 길
홀로 가는 길
외로운 길이 아닌—

모르고 가는 길
모른 척 물어서 가는 길
함께 가는 길 나의 길을

# 유리창 · 1

나의 시선을 늘구어
님 있는 먼 곳에 닿게 하는
유리창

그만큼 이 마알간 투명체는 또
님에 대한 나의 그리움도
길게 늘구어
나의 가슴 속 깊은 곳에 닿게 한다

# 유리창 · 2

나의 집 유리창이
생명을 가진 물체라
생각해 본 적은 없다
하지만 어느 날 찬물로
말쑥이 씻을 때
너무 추워 보여
얼른 마른 걸레로
훔쳐 주었다

# 벽거울

바깥세계의 소리가
자꾸 귓전을 울린다

하루의 고된 일을 마치고
집에 와서도 환청으로 듣는
바깥세계의 소리

벽거울 속엔
바깥세계의 소리에
귀 막고 있는 내가 있다

나는 조용히
거울 속의 내 곁으로 가 누워
편한 휴식을 취한다

# 웃음

큰 길을 사이 두고 한 아파트에 사는
이웃을 향해 나도 모르게
웃음을 건넨다

하지만 이웃이 큰 길을 건너서
마주 오면 나는 당황하여
얼굴에서 웃음을 지운다
현재 나의 웃음의 의미를 알 수 없어

그래서 늘상
혼자 웃다가
문득 부담스러워
혼자 멋쩍게 웃음을 지우며
웃음을 잃어간다

| 최진성 시집

# 출근 버스

버스가
거울에게
여자 얼굴을
보라 한다

얼굴을 잃어버릴까 봐
핸드백 속의 작은 손거울에게
여자 얼굴을 보라 한다

세월은 가도 버스는 남았다
여자의 고운 눈빛과 미소는
계절의 색 바래져 가는 실별처럼
저물어 갔다

여자의 무표정한 얼굴은
버스에 오르내리는 뭇 사람들 얼굴과
뒤섞여 이젠 알아볼 수 없다

어느 아침 잠을 깬 길 위에
여자의 얼굴을 잃어버릴까 봐
버스는 몹시 두렵다

# 제주도

강원도 춘천에 사시는
팔순 할아버지는 지팡이 짚고
제주도로 가신단다

둘이 아닌 하나로 된
땅 덩어리— 이 나라의 제일 큰
둥근 섬으로 가서
국토분단의 아픔을 달래신단다

빙— 한 바퀴
에돌아 둘이 아닌
하나임을 확인하면서

# 백두산

산은 엎드려 있다

먼 곳으로부터
엎어질 듯 달려와
여기에 다달은 산

가누지 못하고
휘청이던 몸을
엎드려 버틴 산

다시 몸을 일으켜
땅을 박차고 일어설 때
몸의 티끌을 모두 떨쳐 버릴
흰 옷 입은 산

산은 지금 말없이 조용히 엎드려 있다

# 삶의 진실 추구에의 순수 서정미

— 최진성 시집 《탈피》의 시세계

홍윤기

일본센슈대학 대학원 '시문학' 문학박사
한국외국어대학 '한국시' 교수 역임
한국문인협회 고문/ 국제펜클럽 한국본부 고문

명시는 시인의 진정 어린 인간성과 함께 진리와 미적 아름다움이 제대로 조화를 이루었을 때 창작된다고 말한다. 19세기 초 영국의 낭만주의 천재시인 키츠(John Keats, 1795~1821)는 그의 작품 〈Ode on a grecian Urn〉에서 "미는 진리이고, 진리는 미이다"(Beauty is truth, truth is beauty.)라고 노래했다. 그만큼 진리와 미는 동일시되는 관계를 유지하고 있으며, 문학작품에서 진리는 생명과 같은 위치에 있다. 고전이라 대우받으며 그리스나 로마시대 작가들이 작품을 통하여 아직도 생생하게 살아 있는 이유이기도 한 것이다.

최진성 시인은 필자가 지난해 가을 계간 『한국현대시문학』(제19호)에 추천한 시인이다. 일취월장이라는 말이 실감되도록 1년새 시적 역량이 상당한 경지에 도달하였음을 여러 작품에서 읽을 수 있었다. 무엇보다 사유의 세계에 깊이 천착하고 끊임없이 탁마하는 모습이 가까운 미래에 우리 시단에서 대시인으로 입지를 구축할 수 있으리라는 기대로 매우 흡족하다.

참으로 진지한 모습이 아름다운데, 물론 그럴 일은 없겠지만 만약 생각나는 대로, 또는 별 의미 없이 작품을 쓴다고 한다면 그것은 형식적인 글이 될 수밖에 없을 것이다. 진리가 글 속에 담겨 있지 않다면 그 글은 이미 생명력을 잃은 무의미한 글이 되기 때문이다. 원래 진선미(眞善美)를 추구하는 것이 '예술'이라는 사실을 이해한다면 결코 가볍게 생각하지 않으리라 믿는다.

더불어 "시는 인간 속에 있는 신성함을 퇴락 속에서 구하고, 모든 것을 아름다운 것으로 환원시킨다"고 말한 영국의 낭만파 시인 셸리(Percy Bysshe Shelley, 1792~1822)의 주장대로 진선미와 사랑이 존재하는 세계는 오직 '시(詩)'를 통해서 성취할 수 있다는 사실도 믿어야 될 것이다.

최진성 시집 원고에서 우선 한 편 손에 잡고 독자들과 함께 감상해 보련다.

> 물이 나의 손을 벤다
> 냉기라는 서늘한 칼날로―
> 두 손바닥으로 강물을 뜨면
> 나무 뿌리 같은 열 손가락 사이로 빠지며
> 촘촘히 벤다
> 그리고 또 손바닥 위에 남았다
> 물고기 한 마리―
> 물이 키운 생명
> 이내 손아귀를 벗어나지 못하는

무딘 칼날이
계속 나의 손을 베려 하지만
고만고만한 크기의 생명체는
풀떡이면서 무딘 칼날의 존재를
이내 심장에 감동으로 전한다
그리고 이번엔 그 느낌으로
나의 손을 완전히 벤다
칼날이 아닌 물의 이미지로
완전히 벤다

- 〈물이 나의 손을 벤다〉 전문

　"물이 나의 손을 벤다/ 냉기라는 서늘한 칼날로—/ 두 손바
닥으로 강물을 뜨면/ 나무 뿌리 같은 열 손가락 사이로 빠지며
/ 촘촘히 벤다"라는 〈물이 나의 손을 벤다〉의 오프닝 메시지를
대할 때, 만약 이 세상에 시신(詩神)이 있다고 한다면 시신은 최
진성 시인에게 참으로 인간다운 '삶의 질' 향상이라는 가장 숭
고한 고품도의 인스피레이션(靈感, 영감)을 안겨주었고, 화자
는 즉시 화답하며 그의 시세계를 숭고하게 구축하게 되었다고
본다. 여기서 말하는 신은 뮤즈(詩神, 시신)이다.
　따지고 볼 것도 없이 이런 시를 창작해 내는 시인은 어김없
이 하늘이 내리는 존재다. 인간 정신의 모든 사상(事象)을 고찰
의 대상으로 삼아 서구 문화에다 최상의 표현을 부여했던 시
인 폴 발레리처럼. 엄밀한 사유와 견고한 구성을 바탕으로 음
악적이며 건축적 해조(諧調)를 이룬 최진성 시인의 "물고기 한
마리—/ 물이 키운 생명/ 이내 손아귀를 벗어나지 못하는/ 무
딘 칼날이/ 계속 나의 손을 베려 하지만/ 고만고만한 크기의

98

생명체는/ 풀떡이면서 무딘 칼날의 존재를/ 이내 심장에 감동으로 전한다"라는 고난 속 현대사회 구원(救援)이라는 애정 어린 인간애로서의 가치 있는 평등한 인간상 회복이라는 소망스러운 소셜 포이트리 작업이 나타났다. 그는 시문학의 건축물이라는 축조에 있어 구조적 미학의 추구를 시도했다. 동시에 그 주지적 발자취에는 마치 폴 발레리의 경우에서 인간 정신의 사상을 고찰의 대상으로 삼은 것처럼, 이탈리아의 위대한 예술가 레오나르도 다 빈치의 논리적 '방법 서설' 이 시적 근저에 깔리는 것과도 같다.

이 시집에서 최진성의 다채롭고도 다각적인 시작업은 앞으로 두고 두고 오래도록 모든 작품을 한 편 한 편씩 필자 나름대로 거듭 분석하고 연구하면서 깊이 살펴보고 싶은 충동을 느꼈다. 필자가 지난 날, 일본센슈대학의 대학원에서 '시마자키 토손' (島崎藤村, 1872~1943)에 심취하여 그의 모든 시를 종합하여 파헤쳐 논고하여 보았듯이 나는 이번에 최진성의 시세계를 다시금 새롭게 접하면서 한국시단에서 하나의 빛부신 금광 광맥이라도 발견한 그런 충만감으로 넘치고 있다. 물론 어디까지나 냉철하게 그의 시편들과 광범하게 마주서서 말이다. 또한 독자들을 보다 더 친절하게 그의 시세계에로 접근시키게 하기 위하여 내가 선별한 이 시집의 시편들 중에서 각기 한국현대시로서의 특성을 가진 서로 다른 면면들을 뽑아 그 콘텐츠를 풀어보려고 했다. 두 말할 것 없이 여기 선정한 것 밖의 여러 시작품들도 가편이 그득 넘치고 있음을 새삼 밝혀둔다.

아침 새소리가

유리창을 뚫는다

천사의 지순한 마음 같은
맑고 고운 아침 새소리는
속세의 어지런 소리가 뚫지 못하는
허전하고 때 묻은 유리창을
파아랗게 파아랗게 뚫는다

– 〈아침 새소리〉 전문

　나는 대학에서 詩강의를 하며 항상 강조하고 있는 것이 시의 생명력은 서정(抒情)이 그 참다운 바탕이라는 것이다. 학교에서 뿐만 아니고 많은 시인들에게 강연을 통해서도 리리시즘(lyricism/서정성)의 중대성을 강조하여 오고 있다. 최진성 시인의 시를 대하며 우선 느낀 것을 집약하여 밝히자면 '뛰어난 시는 서정미를 바탕으로 삶의 진실을 추구하는 데서 빛난다'고 말하고 싶다. 최진성 시인의 시집 전편의 내용을 개괄하자면 수난 받아온 우리 민족사(民族史)에 대한 각성과 내일에의 값진 삶에의 의지를 눈부신 서정미(抒情美)로써 승화시키려는 시작업(詩作業)으로 알차게 형상화되고 있다고 평가하련다.
　그러기에 "천사의 지순한 마음 같은/ 맑고 고운 아침 새소리는/ 속세의 어지런 소리가 뚫지 못하는/ 허전하고 때 묻은 유리창을/ 파아랗게 파아랗게 뚫는다"는 최진성의 의욕적인 리리시즘의 참다운 詩운동을 주장하기에 조금도 부족함이 없다고 본다. 필자는 오늘의 시가 서정성을 상실한 채 점점 '노래'가 아닌 '이야기'로 자꾸만 전락하고 있다는 것을 매우 걱정스럽게 여겨왔다. 그러나 다행스럽게도 최진성 시인의 시편들의

100

경우 서정과 삶의 진실을 올바로 파악하며 성실하게 작업하고
있음을 담지한 콘텐츠를 이 시집에서 만났다는 것이 무엇보다
기쁘다. 이번에는 〈축구공〉의 시세계를 감상해 보자.

> 발이 공을 가지지 않고
> 다루면서 즐긴다
> 그러다가 손이 쥐지 못하게
> 찬다
>
> 손이 발에서 해방된 이래
> 뭐나 다 가졌다
> 또 더 가지려 한다
> 무서운 식충의 입 같은
>
> 자신이 다루면서 즐기는 공을
> 빼앗으려는 손이 얄미운 발
> 하지만 참을성 있는 발은 가끔씩―
> 공을 자유자재로 다루며 놀다가 가끔씩
> 힘껏 찬다!
>
> 손이 가지지 못하게
> 손이 가지지 못하게

– 〈축구공〉 전문

"손이 발에서 해방된 이래/ 뭐나 다 가졌다/ 또 더 가지려 한
다/ 무서운 식충의 입 같은// 자신이 다루면서 즐기는 공을/ 빼
앗으려는 손이 얄미운 발"이라는 최진성 시인의 시에서 문득
떠오르는 것은 이미지즘 시운동을 갈파했던 미국의 저명한 지

성파 시인 에즈라 파운드(Ezra Pound, 1885~1972)의 명언이
다. 즉 '위대한 문학이란 가능한 최대한의 의미가 담겨진 충실
한 언어에 있다'(《How to Read》, 1931)는 것. 시인에게 맡겨진
새로운 상상력이 담긴 충실한 의미를 포괄하는 시언어의 이미
지 표현이 바로 에즈라 파운드의 요청이다. 그것은 지금까지
남이 쓴 일이 없는 새로이 창작된 감동적인 훌륭한 시를 뜻한
다. 최대한의 의미가 담겨진 충실한 언어 구축이라는 견지에
서 독자들과 함께 최진성 시인의 시편들을 다시 골라서 감상
하기로 한다.

> 바깥세계의 소리가
> 자꾸 귓전을 울린다
>
> 하루의 고된 일을 마치고
> 집에 와서도 환청으로 듣는
> 바깥세계의 소리
>
> 벽거울 속엔
> 바깥세계의 소리에
> 귀 막고 있는 내가 있다
>
> 나는 조용히
> 거울 속의 내 곁으로 가 누워
> 편한 휴식을 취한다
>
> – 〈벽거울〉 전문

〈벽거울〉의 서두부터 신중하게 음미하자면, '바깥세계의 소

리가/ 자꾸 귓전을 울린다// 하루의 고된 일을 마치고/ 집에 와서도 환청으로 듣는/ 바깥세계의 소리// 벽거울 속엔/ 바깥세계의 소리에/ 귀 막고 있는 내가 있다"고 했다. 특히 제3연의 "벽거울 속엔/ 바깥세계의 소리에/ 귀 막고 있는 내가 있다"는 수사적으로 하이퍼볼(hyperbole, 과장법)이 도입된 흥미로운 그런 내용이 아닌, '차단된 자아의 암울한 존재감'을 형상화시킨 참으로 뛰어난 냉혹한 현실의 교훈을 독자들에게 읽히는 알레고리(allegory, 諷諭, 풍유)의 수사(修辭) 이미지를 창출하고 있어 주목된다. 자칫하면 관념에 치우치기 쉬워 다루기 힘든 제재(題材)를 슬기롭게 극복하고 처리하며 진지한 시문학적 방법론을 제시한 것이 돋보이는 작품이다.

지금까지 '벽'을 이토록 처절한 사회사의 분노로써 묘사한 시인은 없었다는 데서 우리는 다시금 이 작품을 주목하지 않을 수 없다. 참으로 이 시는 그 메시지가 탁월한 한국사의 아포리즘(aphorism)을 설득력 넘치게 담고 있는 최진성 시인의 뛰어난 시작품이다. 이번에는 〈배꼽춤〉을 감상해 본다.

여자들은 배꼽을 드러낸 옷을 입고부터
입김이 사나워졌다

배꼽춤도 곧잘 추었다
자기의 존재를 선보이는
거센 돌개바람

배꼽의 힘으로 여자들은
몸의 중심을

확고히 잡았다

– 〈배꼽춤〉 전문

"여자들은 배꼽을 드러낸 옷을 입고부터/ 입김이 사나워졌다"라는 오프닝 메시지로부터 해학적으로 참신한 서정적 발상미(發想美)를 전개시키고 있는 최진성 시인의 새타이어 미학에 감동할 뿐 아니라 오늘의 시대라는 한국 사회와 그 행로를 숨가쁘게 답사하며 역사의 현장을 내면 깊이 투시하는 혜안(慧眼)으로 담아 독자들을 그의 상념 속 아늑한 품으로 감싸 안고 있다. "배꼽춤도 곧잘 추었다/ 자기의 존재를 선보이는/ 거센 돌개바람// 배꼽의 힘으로 여자들은/ 몸의 중심을/ 확고히 잡았다"는 이 이미지의 세계는 자못 통렬한 역사에의 고발이며 이 콘텐츠를 뛰어난 메타포로 제시함으로써 시인의 고결한 시정신을 독자들에게 깊이 새겨준다. 이것은 문명비평적, 해학적, 풍자적 경향의 시로서 신선하게 새타이어하고 있는 생활문화 변화와 저항 의식이 눈부신 명편이다.

요즘 진부한 시가 난무하는 한국 시단에서 한국의 새로운 신서정(new-lyricism)의 시로써 당당하게 자기 세계를 개척한 최진성 시인이 신서정시(新抒情詩, a new verse)를 내보임으로써 그의 개척자 이미지를 이 시편은 잘 보여주고 있다. 어쩌면 이 작품은 독자로 하여금 더욱 비장하게 민족 생활사의 아픔을 메타포하는 뛰어난 시편이 아닌가 싶다. 이번에는 어떤 '종'이 울리는지 들어보기로 하자.

그 때에
우리 얼굴은 우매한 사상으로 굳어졌다

그 때에
우리 마음은 무지로 헝하게 비어 있었다

우린 종이었다
남이 때리는 대로 울리는
땡땡 종이었다

하지만 후회하지 말자
부끄러워하지도 말자
우리는 인간이었기에 그러했거니

이제금 우리 얼굴은 냉철하게
새로운 얼굴로 밝아져야 한다

우리 마음 겸허하게
새로운 세상을 따사하게 포옹해야 한다
우리는 스스로 땡땡―
새 시대를 울리는 종이어야 한다

– 〈종〉 전문

〈종〉에서 화자는 독자들에게 인생의 다양한 콘텐츠를 메타
포하고 있다. "우린 종이었다/ 남이 때리는 대로 울리는/ 땡땡
종이었다// 하지만 후회하지 말자/ 부끄러워하지도 말자/ 우
리는 인간이었기에 그러했거니//이제금 우리 얼굴은 냉철하게
/ 새로운 얼굴로 밝아져야 한다// 우리 마음 겸허하게/ 새로운
세상을 따사하게 포옹해야 한다"(제2~5연)고 하는 아이러니
가 시사하는 메타포는 그 성공 여부를 떠나서 우선 한국 현대

시의 새로운 삶에의 시작법(詩作法)이다. 이런 진지한 인생행로에 대한 메타포는 동시에 한국 현대시의 새로운 가능성의 제시이기도 하다.

메타포라는 말은 그리스어인 '메타포라인(metapherein)'에서 생겨난 영어이다. 본래 '메타(meta)'는 '그 위에', '그 후에', '그것을 초월하여' 라는 등의 의미를 갖고 있는 그리스어이며, '퍼라인(pherein)'은 '운반한다' 라는 말이다. 이 두 말의 합성어인 '메타포라인'은 본래 '어떤 것 위에다 날라다 준다', '그것을 초월하여 운반해 준다' 는 뜻으로 썼다. 구체적으로 지적하자면 '메타포'는 '하나의 말을 통상적(通常的)인 의미의 말로부터 다른 말, 즉 별개(別個)의 말로 옮겨 준다' 는 뜻을 갖는다. '은유' 즉, '둘러댐' 이다. 좀 더 알기 쉽게 설명하자면 'A는 B이다' 라고 하는 메타포가 성립될 때, 그 의미의 '콘텐츠(contents)'는 'A도 B도 아닌 C, D, E — X, Y, Z'로 새로운 이미지의 다양한 '패러다임(paradigm)'의 광폭적인 전개와 동시에 강력한 종합 효과인 '시너지(synergy)' 효과를 발휘하게 된다. 따라서 메타포의 능수능란한 구사야말로 그 시인의 역량을 판단시키는 평가기준인 바로미터가 되는 것이다.

물은 무겁다// 천 길 벼랑에 드리운/ 팔다리와 몸뚱이가/ 빛발처럼 하얗게/ 늘어나서// 쏴— 쏴—/ 바람을 일구며/ 쾅— 쾅—/ 지축을 울리며/ 아래로 아래로 떨어지는 물은// 흩어지지 않고/ 끊어지지 않고/ 마냥/ 원래의 모양을 고집하는—// 추락하는/ 흰 두루마기 자락 같은/ 날개// 물은 무겁다

– 〈폭포〉 전문

106

최진성 시인은 새롭고 값진 삶에의 그리움 넘치는 〈폭포〉라는 오브제(objet/프, 美를 표현하는 소재로서의 대상)를 능수능란한 표현법으로 메타포함으로써 독자들에게 강력하게 전달시킨다. 이것으로서 그 시인의 역량은 높이 평가될 것이다. 그것이 곧 유능한 시인의 인프라(infrastructure/기초구조) 구축작업인 것은 두 말할 나위도 없다. "쏴— 쏴—/ 바람을 일구며/ 쾅— 쾅—/ 지축을 울리며/ 아래로 아래로 떨어지는 물은// 흩어지지 않고/ 끊어지지 않고/ 마냥 원래의 모양을 고집하는—// 추락하는/ 흰 두루마기 자락 같은/ 날개"(제3~5연)라는 시적 큰 감동. 굳이 따질 것도 없이 시를 잘 쓴다는 것은 그 시인이 메타포를 잘 한다는 것이며, 시어(詩語)에 억눌리고 있는 것이 아니라 오히려 시어를 지배하는 작업을 하고 있는 일이다. 더구나 빼어난 메타포는 시어의 차원 높은 비약을 통하여 스피디한 이미지로써 독자에게 강력한 이미지의 시너지(synergy/종합효과)도 확산시킨다.

　　〈폭포〉는 최진성 시인의 삶의 진실을 추구하는 신선한 작품으로서 필자의 눈길을 끌었다. 특히 그 경향은 "물은 무겁다// 천 길 벼랑에 드리운/ 팔다리와 몸뚱이가/ 빛발처럼 하얗게/ 늘어나서"(제1~2연)라는 상징적이며 역동적인 영상미(映像美)로 유머러스하게 형상화되고 있다. 그 뿐 아니라 전편적인 표현상의 특징은 시각적(視覺的)인 영상미를 통한 감각적인 서정적 메타포로써 독자에게 공감도를 북돋아주고 있다.

　　앞으로 그의 한국시단에서의 활동이 매우 기대된다.

107

최진성 시집
# 탈피

•

지은이 / 최진성
발행인 / 김재엽
발행처 / **한누리미디어**
디자인 / 지선숙

•

121-840, 서울시 마포구 잔다리로 35(서교동) 서운빌딩 2층
전화 / (02)379-4514, 379-4519
Fax / (02)379-4516
E-mail/hannury2003@hanmail.net

•

신고번호 / 제300-2006-61호
등록일 / 1993. 11. 4

초판발행일 / 2014년 12월 15일

•

ⓒ 2014 최진성 Printed in KOREA

•

값 8,000원

•

※잘못된 책은 바꿔드립니다.

•

ISBN 978-89-7969-493-2  03810